La Femme du monde

au XIXe Siècle.

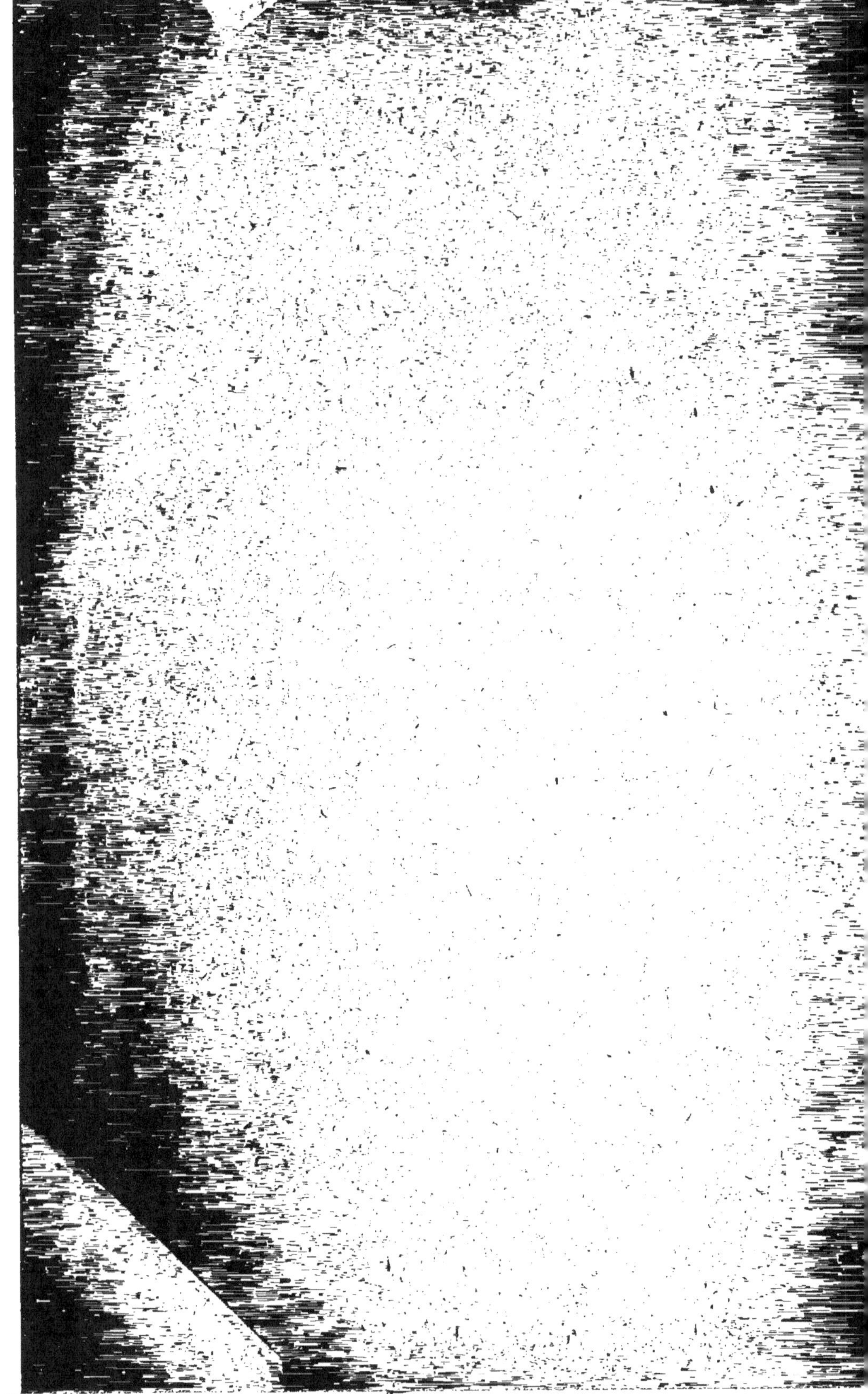

La Femme du monde au XIXe siècle.

Il n'y a pas de femme pour un homme distingué, a dit un homme d'esprit ! Il faut croire que ce sentiment particulier est devenu un sentiment général, puisque chacun s'est occupé, et l'État, à la tête de ceux-là, d'ouvrir des écoles normales, des cours supérieurs d'études pour les femmes, il a donc répondu à un besoin nouveau de l'opinion, il s'est ému de la grande différence qui existe entre les études données aux hommes et celles données aux femmes. Nous ne saurions trop approuver ce mouvement, qui aura des conséquences morales et intellectuelles considérables pour notre société. Un auteur dramatique ne pourrait plus mettre au théâtre des précieuses ridicules ou des femmes savantes, c'est une espèce de femmes qui a complètement disparu hélas ! de notre temps. Nous disons hélas ! parceque là où il y a ridicule il y a excès et l'excès existe dans le bien comme dans le mal ; donc au dix-septième siècle et au dix-huitième siècle, le goût des lettres était très-répandu dans la bonne compagnie, répandu au point, qu'il a fourni à Molière, une de ses plus belles comédies et une de ses plus comiques, nous ne tombons point dans ce ridicule de notre temps ; jamais la société frivole et élégante n'a été plus ignorante, on chercherait vaine-ment dans l'aristocratie le Dorante de la critique de l'École des femmes, pouvant soutenir par des raisons les beautés d'une pièce. Le Directeur actuel des Français a eu beau consacrer deux jours de la semaine à un public brillant, s'il écoute, dans les corridors les conversations qui s'y tiennent, il sera obligé de convenir que l'éducation littéraire de ses abonnés, est encore à faire et qu'il devra poursuivre longtemps, son œuvre, qui menace de n'être qu'une heureuse spéculation.

Traversons-nous une crise qui ne sera que passagère de dégoût et d'indifférence pour les choses de l'esprit ? Ou bien faut-il croire que la bonne compagnie, car il y en aura toujours une, quand elle se sera recrutée dans une nouvelle génération plus éclairée plus instruite, goûtera enfin et s'adonnera aux lettres, qui sont un aliment si élevé pour la pensée et qui donnent à l'âme un développement dont les conséquences incalculables, vont se répandre dans l'éducation, dans la famille et dans le gouvernement même de l'individu ? Nous voulons le croire, d'ailleurs nous sommes optimistes, ce grand mélange des classes amènera celui des esprits et si nous avons plus d'hommes distingués, nous aurons aussi plus de femmes distinguées, avec cette restriction cependant, que l'un absorbera souvent l'autre ; cette question restera toujours pendante, entre l'homme et la femme, jusqu'à la fin du monde, ce ne sera pas toujours hélas ! celui qui sera supérieur à l'autre qui gouvernera, mais ce sont des exceptions, nous ne devons pas nous laisser arrêter par des cas particuliers et poursuivre notre grande œuvre de développement intellectuel. Il faut donc faire des femmes distinguées, nous en avons de bonnes, d'utiles, d'excellentes, de bienfaisantes, personne plus que nous, ne les révère dans leurs vertus, dans leur abnégation, dans leur dévouement. Nous sommes leur ami imperturbable; mais, tout en reconnaissant leur supériorité morale, nous sommes navré de leur infériorité intellectuelle, elle nous frappe tous les jours, dans toutes les classes et surtout dans la plus haute; c'est toujours du sommet de la société que vient l'exemple; les bourgeoises, les parvenues imiteront toujours les femmes élégantes, les grandes dames; c'est pour cela qu'il serait si urgent que celles-ci, au lieu de corrompre le goût et de l'abaisser, le relevassent, outre qu'elles constitueraient une société plus distinguée, plus éclairée, plus délicate, cela aurait une conséquence immense, par le reflet, par l'imitation, par l'exemple, sur une classe de femmes, qui ne sont que des copistes, et non pas des inspiratrices. La mode, qui est une puissance légère, a une influence, qui ne l'est pas, sur la majorité des femmes, or il y a une mode en tout, elle existe dans une littérature passagère, sans valeur, mais qui reflète les goûts et les mœurs du jour, on la trouve au théâtre, dans les opérettes, dans certains vaudevilles, dans des romans superfi-ciels. Eh bien ! cette mode si capricieuse, si frivole, était, au dix-septième siècle et au dix-huitième siècle, aux choses de l'esprit. Pourquoi ne reviendrait-elle pas ? L'esprit français n'a pas disparu, il existe aussi vivant et aussi abondant que par le passé, nous parlons de cet esprit naturel de race que nous constatons tous les jours, qui se dépense dans le journal et dans des œuvres éphémères, légères et rapides ; oui certes l'esprit existe, mais ce qui n'a pas diminué, ce qui a augmenté, dans de notables proportions c'est l'ignorance des gens du monde ; il semble que l'ignorance du peuple soit remontée à la surface et que la culture de l'esprit soit descendue dans les masses. Pourquoi donc cette révolution ? Comment une classe éclairée a-t-elle renoncé à ces clartés de tout, comme dit Molière, pour être dans le pays, non seulement un groupe isolé de la politique du progrès, par les préjugés, mais encore par une ignorance et une incapacité humiliantes ? Comment les descendants de tous ces grands noms, qui étaient non seulement des hommes politiques, des hommes de guerre, des hommes de robes, sont-ils devenus des vibrions et n'ont-ils hérité de leurs ancêtres que le courage ? Ce n'est vraiment pas assez et dans ce dix-neuvième siècle de lumière et de progrès comment y-a-t-il tout un monde qui vit dans l'obscurité, tandis que les autres brillent de mille clartés, si ce monde vivait isolé sans se mélanger, ma foi nous le laisserions tranquille et nous dirions tant pis pour lui ! S'il préfère l'obscurité à la lumière, les plaisirs et les jouissances du corps à celles de l'esprit ; mais c'est qu'il sort de chez lui, c'est qu'il vient chercher nos filles dans la bourgeoisie, pour en faire leurs femmes comme les Romains venaient enlever les Sabines. Il spécule sur la vanité des Poirier et des Morisseau et en détournant les dots, il détourne les âmes qui seraient restées saines, vigoureuses, utiles

si elles avaient été associées à des hommes
virils, éclairés et occupés ; il en fait des
femmes de vanité, des poupées à ressort
qui ne sont ni des épouses ni des mères,
mais des êtres inconscients de leur décadence
et quelquefois de leur dégradation ; ces
femmes de plaisir ne peuvent constituer la
famille ; elles n'ont qu'une puissance, celle
de la désorganiser et de corrompre. La
corruption riche, élégante, haut placée, à
quatre chevaux, à falbalas, qui traverse
nos promenades et nos rues, aux yeux des
bourgeoises enivrées de ce séduisant spectable ;
celles-là, croyez-le bien, ont perdu bien
des âmes ! elles ont enfanté les lionnes
pauvres, elles ont fait commettre des suicides
et des crimes ! Eh bien ! si ces femmes pla-
-çaient dans leur esprit, autre chose que de
petites histoires scandaleuses, que des
chansonnettes grivoises, que des romans
graveleux, si elles mettaient dans leur
cœur, à défaut d'amour conjugal, si leur
associé s'y soustrait ou s'y refuse, l'amour
maternel et le goût des choses de l'esprit,
ces femmes seraient sauvées et ce qui serait

plus heureux encore, elles sauveraient toutes celles qu'elles corrompent et qu'elles perdent. A celles qui ont été élevées dans l'amour de l'étude et qui ont abandonné les lettres et les arts, nous crierons : revenez aux vraies sources, aux sources intarissables du beau et du bien; aux autres, à celles qui ont été négligées ou abandonnées sans direction morale, ni intellectuelle, nous dirons : lisez, étudiez, travaillez, employez ces longues heures de loisir qu'ont toutes les femmes riches, à l'étude, à l'observation, à la réflexion et vous serez tout étonnées, si vous êtes intel-ligentes, et il y en a dans le nombre, vous serez tout étonnées d'avoir combattu l'ennui qui n'est jamais si incurable que lorsqu'il prend la forme du plaisir. Ah ! si on pouvait les convaincre, ces femmes d'imitation et de légèreté, si on pouvait seulement leur mettre un vrai livre entre les mains, un de ceux qui parlent à l'esprit et au cœur, si on pouvait leur enseigner ce qu'il y a d'attrayant de piquant, de charmant, de touchant de beau, dans ces pages enflammées d'héroïsme moral et toutes palpitantes d'émotion saines et élevées, si elles ne fuyaient pas avec effroi, tout ce qui est sérieux, tout ce qui les ferait penser, réfléchir et aimer ce qui doit l'être, si on pouvait les atteindre dans ce tourbillon mondain qui emporte tout et qui dissout tout autour de lui, si on pouvait attirer leur attention, les arracher à cet ennui uniforme et languissant, qui les atteint toutes fatalement, pas au même moment, mais toutes sans exception, si on pouvait leur faire croire, ce qui est l'absolue vérité qu'on ne saurait fuir la vie, qu'on a beau se la cacher à soi-même, qu'elle se révèle avec ses lois implacables et avec ses duretés impitoyables, si on pouvait leur dire, que les femmes éclairées éprises des choses de l'esprit, ne connaissent pas les amertumes et les tristesses de la perte de la beauté, elles ont rempli leur grenier dans leur jeunesse, elles ont choisi les goûts immortels, la meilleure part, celle même que Jésus-Christ a appelée ainsi, elle ne leur sera pas ôtée ! Si on pouvait leur persuader toutes ces vérités consolantes qui font la jeunesse honorée, la maturité heureuse, la vieillesse sereine ; si on pouvait les convaincre que les vraies joies durables, éternelles valent mieux que ces prétentions surannées qui ne trouvent plus que des hommages trop respec-tueux à leur gré qui ne le sont plus que dans la forme et cachent ou l'ironie ou la pitié, si on pouvait leur faire voir à toutes ces créatures de plaisir ce qui les attend demain, de quel triste découragement leur âme sera enveloppée, ne voudraient-elles pas essayer de notre remède qui est tellement puissant qu'il est infaillible ? La femme frivole est morte à quarante ans, elle se survit ou elle se prolonge pendant quelques années encore, mais elle s'attriste et disparaît, ou elle s'absorbe dans une infériorité matérielle de petits soins inutiles, puisque nous ne parlons qu'aux femmes riches, ou elles ne s'inté--ressent plus qu'aux chiffons des autres ou aux amours des autres. A toutes ces femmes qui trouvent qu'elles n'ont plus d'objet, quand elles ont perdu la jeunesse et la beauté, nous dirons : si votre jeunesse s'enfuit votre maturité arrive, si vos fleurs vont se détruire et se faner, remplacez-les par des fruits savoureux et abondants et si vous n'êtes plus une parure et un ornement soyez un aliment et quel aliment vivifiant et charmant que l'intelligence d'une femme cultivée ? Qui s'entretient avec les plus grands esprits de son temps, qui sait les réunir, les grouper, les retenir autour d'elle, comment ce rôle si intéressant ne tente-t-il pas toutes les femmes qui pourraient le jouer et qui l'ont si bien dédaigné, qu'elles sont devenues incapables de le remplir et de le goûter ?

Quant aux hommes supérieurs et distingués qui n'ont rencontré dans le mariage, que des femmes indignes de les comprendre et de s'intéresser à leurs travaux et à leur carrière, qui n'ont trouvé que des servantes au lieu d'associées ou de compagnes, ou des créatures plus inférieures encore, nous les plaignons sincèrement et nous ne sommes pas

surpris, de la distance qui les sépare
d'elles en voyant l'éducation et la direction
qu'elles ont reçues ; ce sont les hommes
qui travaillent, qui ont besoin de trouver
un foyer doux, éclairé et animé, ce sont
ceux qui sont absorbés par des recherches
et par l'étude qui mériteraient des femmes
respectant leur science et leurs travaux ;
faisons des femmes pour ces hommes là,
utilisons toutes ces intelligences féminines
en friche, mais cultivons-les quand il en
est temps, donnons leur les vrais goûts qui
les éloigneront des faux dieux, ouvrons des
écoles, ouvrons des cours, élevons les esprits, et vous hommes !
quand on vous aura livré ces créatures
préparées pour votre bonheur, pour fonder
avec vous une famille, pour vous faire
un foyer honoré et doux, respectez-les,
développez-les, emparez-vous par l'amour
de ces jeunes âmes, mais que ce soit
un bel amour que celui que vous leur
inspiriez, nous vous les confions, nous
mères éclairées et expérimentées, nous en avons
fait des femmes de bien et d'intelligence,
achevez cette œuvre, à nous deux, nous

changerons cette nouvelle génération ; il faut que la femme se transforme en France, qu'elle ne soit ni une maîtresse ni une servante, ni une lionne pauvre, ni un scandale, ni un mauvais exemple, ni un agent de dissolution ou de corruption, ni une infériorité, ni une nullité ; il faut qu'elle soit ce que la nature l'a créée et ce que l'éducation peut la faire : un être intelligent, responsable, ayant une valeur propre et non pas de reflet ; si leurs droits sont nuls, leur puissance est effrayante ; il vaudrait mieux que les uns augmentassent et que leur pouvoir diminuât. Elles seraient meilleures et plus vertueuses si elles étaient plus protégées, leur fourberie n'est que de l'instinct de conservation ; elles aimeraient mieux la franchise que le mensonge, si elles pouvaient revendiquer hautement des droits qu'elles ne peuvent que dérober.

Dans ce temps de transformations et de progrès, la femme doit-elle aussi grandir et se développer, qu'elle rougisse de son ignorance, de sa frivolité, de son infériorité volontaire, qu'elle sorte violemment de ces ténèbres qui l'enveloppent, nous ne craignons pas ni les femmes savantes ni les précieuses ridicules et ma foi, s'il y en a, nous en prendrons notre parti, car cela prouvera qu'elles étudient, qu'elles lisent et qu'elles s'instruisent s'il y a des Chrysales pour se moquer d'elles ; d'ailleurs on admire et on ne raille que ce qui est grand et beau, a dit un grand moraliste[1]. Soyez donc raillées par les imbéciles, nous y consentons, mais vous serez admirées, par les gens supérieurs, recherchées, par ceux qui classent le mérite et la valeur et il y aura alors des femmes distinguées pour des hommes distingués. Il y aura des mères capables d'élever des filles à leur image, nous en voyons beaucoup qui ne le sont que de les aimer et de les gâter ; il y aura des femmes pour comprendre, pour s'associer aux travaux de leurs maris comme nous en voyons tant, dans la bourgeoisie, qui soutiennent la prospérité de leur maison de commerce ; ce sont ces femmes utiles que les femmes du monde doivent imiter ; le travail préserve celles-là des écarts de l'ima-gination ; eh bien ! que les autres aussi, s'occupent d'un travail volontaire et libre qui n'en sera que plus charmant ; que de

---

[1] M. Dumas fils.

choses à faire, que de belles œuvres à étudier et à admirer, nous ne parlons pas de la charité, celles qui sont absorbées par la bienfaisance, font tant de bien et sont si utiles à l'humanité, qu'elles ont rempli leur mandat et au delà ; nous parlons de celles qui ne sont bonnes à rien, utiles à rien, c'est celles-là que nous voulons conquérir ; c'est à la frivolité, à l'ennui, à la légèreté et au vice, souvent, que nous voulons les arracher ; comment faire ? Comment toucher ces cœurs frivoles ? Comment développer et intéresser ces esprits légers ? Éveiller leur amour propre, le déplacer en quelque sorte ; les livres peuvent faire des miracles, nous croyons à la puissance des livres sur les âmes incertaines et sur les esprits mobiles, c'est pour cela que nous sommes si sévères pour les écrivains qui abaissent le goût au lieu de le relever et qui emploient leur talent à montrer la nature humaine dans ce qu'elle a de plus bas et de plus grossier ; littérature inférieure, coupable, qui poétise l'instinct et qui s'appelle naturaliste, nous dirons, nous, littérature calomniatrice de l'humanité ; si vous supprimez à l'homme l'idéal, l'imagination, l'héroïsme, tout ce qu'il est capable de faire de grand, de beau, d'élevé et de sublime ; si vous allez le rechercher dans les bas-fonds de son être, si vous allez complaisamment éveiller en lui, tout ce qu'il y a d'inférieur, d'animal et de physique, si vous intéressez des hommes et des femmes à ces lectures impures et fausses ; car vous ne montrez qu'une partie et la plus laide, de l'être humain ; vous faites une mauvaise action, vous contribuez à l'abaissement de votre pays et de votre temps, vous entravez les efforts de ceux qui veulent sauver l'humanité en l'éclairant et qui veulent la faire grande et puissante ; mais comme il y aura toujours de ces littératures immondes, il faut tâcher de diminuer le nombre de leurs lecteurs et de leurs lectrices ; c'est là la belle concurrence libre que nous voulons tenter et nous gagnerons la partie, nous éclairerons les femmes, nous les arracherons à leur ignorance, il n'y a pas à dire, le beau et le bien sont plus contagieux qu'on ne pense, il s'agit de les rendre séduisants, de les montrer sous un jour brillant et éclatant, c'est affaire aux gens de talent, si notre génération devient plus éclairée que celle qui nous précède, si la lumière est répandue à flot dans les masses, on trouvera bien des hommes qui élèveront les femmes jusqu'à eux par l'amour ; voilà le grand maître, celui qui fait des miracles et qui transporte les montagnes; celui-là sera toujours souverain ; mais hélas ! combien y a-t-il d'êtres qui ne connaîtront jamais ce sentiment dans ce qu'il y a d'élevé et surtout chez lesquels il ne sera pas moralisateur, s'il est dispensé par des âmes médiocres ou viles ; c'est encore un progrès qu'on peut espérer et accomplir ; jamais un homme supérieur n'a-baissera l'objet de son amour, il l'élèvera jusqu'à lui, il l'initiera aux beaux sentiments, aux grandes pensées, aux nobles occupations, aux choses de l'esprit ; alors le mariage sera vraiment aussi beau et aussi heureux qu'il peut l'être entre deux créatures humaines ; ces hommes distingués auront mérité ces femmes que nous voulons régénérer pour eux. Et les médiocres me dira-t-on, comment pourront-ils s'assortir ? Hélas ! il y en aura toujours trop, nous n'élèverons que les cœurs et les intelligences, ceux qui n'auront ni l'un ni l'autre, formeront ce troupeau d'êtres inutiles et nuisibles que nous ne détruirons jamais ; ce que nous voulons conquérir ce sont les êtres qui valent mieux que la vie qu'ils mènent et que la nature avait créés meilleurs et plus intelligents qu'ils ne le sont ; c'est sur ceux là que nous pouvons espérer opérer une pression ; quant à ces femmes jolies, jeunes, élégantes, séduisantes, dont le cœur et la tête sont vides, c'est à celles-là que nous faisons honte de ce qu'elles disent et de ce qu'elles font, c'est de celles là que nous voulons changer la conversation et la vie ; c'est à celles là que nous disons les femmes élégantes, nobles et riches du 17ᵉ et celles du 18ᵉ siècle savaient raisonner d'un livre, elles étaient spirituelles comme Madame d'Épinay et comme Madame du Deffand, savantes comme Madame de Sévigné et Madame du Châtelet, les plus grands esprits de leur temps pouvaient s'entretenir avec elles, elles étaient au courant de toutes leurs oeuvres ; de notre temps avec qui, les savants, nos grands écrivains peuvent-ils causer dans les salons ? Quelles sont les femmes, qui sont au courant de leurs recherches, qui ont lu leur ouvrage ou qui s'y intéressent seulement ? Il n'y a plus de salons de conversation parcequ'il n'y a plus de femmes pour les tenir, les dernières survivantes de la bonne compagnie littéraire et éclairée ont disparu dans la révolution de 1848 ; depuis, il ne s'est rien fondé, rien reformé ; le dernier empire n'aimait pas les choses de l'esprit, il n'a produit, socialement parlant, que des femmes élégantes et légères ; les malheurs de la France et les divisions politiques ont réduit la société à de petites coteries isolées. Ces temps troublés passeront, les partis se décourageront par leur impuissance même ; alors les lettres refleuriront et on reviendra au goût des choses de l'esprit ; les femmes y peuvent beaucoup, il dépend d'elles qu'il y ait des salons où on s'entretienne littérairement et spirituellement, les sujets de conversations ne manqueront pas, les grands écrivains abondent, et si la vanité ne ferme pas la porte aux grandes intelligences et aux grands artistes, si elles s'ouvrent à deux battants, devant le génie et le talent, la société française redeviendra ce qu'elle a été dans ses côtés supérieurs ou plutôt elle se modifiera, c'est-à-dire qu'il n'y aura plus qu'une aristocratie, la vraie, la seule : celle de toutes les supériorités à n'importe quelle classe elles appartiennent, ou de quels noms elles se nomment ; que cette grande ambition devienne l'effort, la passion de la nouvelle génération féminine, qu'elle puise dans l'étude, l'amour du grand, du beau, du délicat et nous aurons enfin des femmes distinguées pour des hommes distingués !

9 782329 032276